HENRI CORDIER

Au Pays des Sapins

IV

NOS LÉGENDES

1925

FAIVRE-VERNAY
45, GRANDE-RUE
PONTARLIER

AU PAYS DES SAPINS

IV

Nos Légendes

Henri CORDIER

Au Pays des Sapins

IV

NOS LÉGENDES

1925

FAIVRE-VERNAY
45, GRANDE-RUE
PONTARLIER

IV

Nos Légendes

LA VOUIVRE DE LA SOURCE

Il y a bien longtemps, la source du Doubs, comme beaucoup d'autres dans notre Jura, avait sa *Vouivre*. On n'en a qu'une description vague, car elle se cachait à tous les yeux. Cependant on savait que parfois le soir elle allait, pour changer, s'ébattre dans les eaux écumeuses du torrent du Bief qui naissait en ce temps-là au pied du rocher de Crève-Cœur, c'est-à-dire à un kilomètre plus haut qu'aujourd'hui. De Mouthe, on voyait s'élever très haut sur les flancs du Noirmont, une traînée lumineuse qui s'évanouissait du côté des Roches : c'était la Bête. On disait que son corps était allongé à la façon d'un serpent, qu'elle était verte avec des écailles noires et que pour se diriger elle avait sur le front une petite boule qui brillait plus que la lune. Ce ne pouvait être que la Vouivre qui, au fond de la source fouettait l'eau et faisait filer comme la flèche, à la sortie de la grotte les paquets de mousse blanche sur les gros bouillons d'eau. Quelquefois, elle se tenait tranquille et au fond de l'eau plus claire que le jour, sa lumière brillait, mais l'imprudent qui voulait se pencher pour voir glissait sur la mousse et sur le rocher et la Vouivre ne le laissait plus jamais revenir. Aussi quand elle passait dans le ciel, les enfants fermaient les yeux et les vieillards se signaient.

La Vouivre de la Source est morte, et voici comment.

A moitié chemin entre la Source et Crève-Cœur, on trouvait un petit hameau, le Cudubief, dont il ne reste plus qu'une maison. Un homme de ce hameau, un jour, faisait du bois à la forêt. Surpris par un orage, il s'était mis à l'abri dans le Creux des Roches et s'était endormi. Quand il se réveilla, l'orage était passé, mais la nuit était venue. Il fut étonné de voir, dans la forêt toute sombre, le Creux illuminé comme en plein jour. A peu de distance, sur une pierre plate, il y avait une petite boule tellement brillante qu'il ne pouvait la fixer. Il retint son souffle et dans un éparpillement de gouttes d'eau, il vit la lumière s'envoler et disparaître derrière les cimes des sapins. Il pensa tout de suite à la Vouivre de la Source.

Dès cette nuit, il n'eut plus qu'une idée fixe : s'emparer de la boule. Il prit son cuvier à lessive et le hérissa de *crosses* ou grands clous, plantés de l'intérieur, puis il le porta et l'aboucha vers l'endroit où il avait dormi Têtu comme un montagnard il passa ainsi bien des nuits sans rien voir, mais sa ténacité finit par être récompensée. Une belle nuit la Vouivre vint, posa sa boule sur la pierre et se mit à l'eau. Hâtivement l'homme souleva son cuvier, tendit le bras, prit la pierre et la boule et laissa retomber son abri. Il était temps. Il entendit un sifflement horrible et le cuvier trembla sous un choc violent. Pendant des heures, la bête siffla, gronda et se lança contre le cuveau, mais chaque fois elle se blessait aux clous. A la fin, les cris et les chocs devinrent plus faibles, puis cessèrent, mais l'homme était à demi mort de peur. Assez tard dans la journée, il se hasarda à soulever son cuvier ; les clous et le bois étaient rouges de sang et une large traînée montrait que la bête était allée finir de mourir dans le bief des Roches.

L'homme mit la boule toujours brillante dans de la mousse, et la mousse dans une écorce repliée, et revint chez lui. Sans rien dire à personne, il prit son bâton d'épine et partit à pied. On croit qu'il est allé à Dijon. Il vendit la boule ; on lui en donna sa charge de pièces d'or. Quand il rentra, il voulut étaler son trésor sur la table ; sa femme ne vit que des feuilles sèches de *foyard* — hêtre —. Il alla se coucher, ses cheveux blanchirent à vue d'œil ; il raconta ce qu'on sait et mourut. La Vouivre de la Source s'était vengée.

* * *

LA CLOCHE DU PRIEURÉ

Lorsque les gens de la terre de Mouthe apprirent que Bernard de Saxe-Weimar avec ses *Suèves* brûlaient Pontarlier en 1639, il se hâtèrent d'emporter dans la noire forêt de sapins ce qui leur paraissait précieux à garder. Le Prieuré possédait une cloche d'argent dont les sonneries claires avaient maintes fois appelé les moines aux matines. Le père Prieur résolut de la soustraire à la cupidité des envahisseurs et la fit enfouir dans la Serve, sorte de marais qui borde le cimetière derrière l'église. Peu de temps après, l'ennemi survenu à Mouthe, assiégeait, puis brulait le Prieuré sous les ruines duquel raconte-t-on, le prieur et deux moines trouvèrent la mort. Le vallon avait un héros de l'indépendance dans la personne d'un Meuthiard : Cart-Broumet. Celui-ci, à la tête d'une douzaine d'hommes résolus, pratiquait la guerre d'embuscades. Il avait, entre autres, confectionné un arc manié par trois hommes, et qui lançait depuis les Malaitaux, vers le haut du Noirmont, des flèches de quatre pieds de long, jusque sur la place de l'église, soit près d'un kilomètre de jet. Il tua ainsi plusieurs sentinelles.

Un jour, il fut pris et enfermé dans la tour de l'église. Il essaya de s'évader en se servant de la corde des sonneurs, mais cette tentative échoua. Le chef de la garnison qui rançonnait la région avait appris l'existence de la cloche d'argent. Comment ? on ne le sait, les femmes de Mouthe ont toujours affirmé que pas une d'entre elles n'avait causé. Il fit venir auprès de lui Cart-Broumet et lui offrit la liberté en échange de la cloche. Le Meulhiard fit d'abord quelques façons, puis donna des détails sur le poids et la valeur de cette cloche et enfin avoua qu'il connaissait la cachette. Il s'offrit même à creuser le sol, si l'on voulait bien lui fournir les outils nécessaires.

Le lendemain matin, deux soldats et le chef emmenaient le prisonnier ; ils n'avaient à parcourir qu'une centaine de pas. Débarrassé des liens qui lui enserraient les poignets et de la corde qui entravait ses pieds depuis son évasion, Cart-Broumet se mit à creuser la vase. Il y apportait tant d'ardeur que le chef confiant et cupide renvoya les soldats pour avoir la trouvaille à lui seul. Le trou avait déjà la hauteur d'homme ; le Meuthiard ne donnait que de légers coups, de crainte d'abîmer la cloche et se prétendait fatigué. Le Suédois impatienté voulut le remplacer un moment, mais à peine fut-il dans la fosse que Cart-Broumet lui fendit la tête d'un coup de *foussoir* — pioche — et d'une traite gagna la forêt.

La cloche d'argent du Prieuré est encore dans la Serve, et personne ne la sortira ; ce que le marais tient, il le garde. Mais tous les ans, dans la nuit de la Toussaint, on entend ses douces vibrations qui répondent au glas des deux cloches de Mouthe, et qui appellent des prières pour les âmes des moines et de leur prieur.

* * *

LE DERNIER SIRE D'UZI

C'était, dit la légende, un homme très grand et très méchant. Toujours en colère, il avait fini par être abandonné de tous et vivait seul dans son château d'Usiers qui dominait tout le val.

Un jour, trois moines qui revenaient de Terre-Sainte lui demandèrent l'hospitalité. Ils étaient bien las et tombaient de sommeil. Le sire les reçut fort mal, leur fit vider leurs besaces et les chassa en les injuriant. Il les poursuivit, armé d'une grosse pierre dont il les menaçait. L'un d'eux, en passant, cueillit au pied d'un rocher un brin de muguet qui venait de s'épanouir. Le sire l'obligea à rejeter la fleur qui, en touchant le sol se flétrit ainsi que toutes celles qui étaient en boutons ; les feuilles devinrent jaunes, puis brunes, et tous les muguets périrent. La colère aveuglait tellement le méchant seigneur qu'il ne vit rien de tout cela. Les moines avaient déjà quitté ses domaines qu'il continuait encore à leur crier de vilaines choses. Arrêté au milieu de la gorge étroite, le poing sur la hanche, il était terrible. Mais voilà que soudain il se sent glacé, il veut remuer, il ne le peut. Pour la première fois il a peur. En un rapide tableau, sa vie se déroule devant lui, il comprend l'odieux de sa conduite ; il voudrait demander pardon, sa langue reste figée et aucun son ne sort de sa bouche encore ouverte de la dernière injure. Il est tout entier dur comme un bloc de pierre.

Le dernier sire d'Uzi est toujours au même endroit, à l'entrée du village de Sombacour, les muguets n'ont plus jamais fleuri dans ses terres, son château s'est écroulé, on n'en retrouve pas les ruines, le malheureux attend le retour des moines pour être pardonné.

* * *

LA VIERGE AU LARE

Le voyageur qui, partant de Mouthe, veut faire une excursion dans la belle forêt du Noirmont, longe la minuscule mais fertile plaine de la Tougneuse arrosée par le torrent du Cébrioz, arrive à l'orée du bois près d'une ancienne pépinière, puis suit la belle route des Roches qui s'élève en pente douce sur le flanc de la montagne et qui conduit aux fermes : à Cornet, chez Mercet, aux Bâties, chez Renaud, à beaucoup d'autres, et même en Suisse.

Au bout de deux kilomètres environ, il arrive dans la partie la plus pittoresque du paysage. Les grands sapins en masquent la sauvagerie, mais le sol est très accidenté. A une faible distance de la route, sur la droite, s'ouvre béant le *Creux des Roches*, début d'une grande faille profonde de plus de cinquante mètres, bordée de rochers à pic où coulait, il n'y a pas un siècle, avant le déboisement intensif des *pâtures*, un torrent impétueux : le bief des Roches ; les stries sur les rochers et les pierres roulées montrent la longue action des eaux écumeuses. A gauche, la pente est abrupte et dans le fût du sapin le plus proche du chemin, on voit à quelques mètres du sol une statuette grise, c'est la *Vierge au Lare.*

C'est en cet endroit sauvage que se trouvait le vieux Lare par une fin de journée d'août. Bien que la nuit ne fût pas encore venue, on ne voyait pas loin devant soi, car le ciel était chargé de gros nuages noirs que d'autres, aussi épais, poussaient sans cesse. Dans le calme impressionnant qui précède les grands orages, on n'entendait que la petite sonnette pendue à une corne du collier du cheval, le bruit de marteau des essieux des roues de la voiture, et les *hue!* pressés du voiturier qui entendait au loin derrière lui le bruissement de plus en plus distinct du vent qui accourait.

Le père Lare traînait depuis de longues années sa misère aux vents froids de ce monde ; brave homme, il élevait à force de travail une nombreuse famille ; lui, qui ne craignait rien, eut peur ce soir-là.

L'orage était arrivé brusquement, les éclairs se succédaient sans interruption et aveuglaient ; les grondements du tonnerre, renforcés par le grand couloir des rochers, rendaient sourd. Le cheval s'était arrêté et tremblait sur ses quatre membres ; le vieux Lare avait enlevé sa *rouillère* — blouse — et en avait encapuchonné la tête de l'animal et la sienne, et tous deux attendaient immobiles une mort certaine, car depuis un moment le vent furieux brisait et déracinait des sapins, et les racines, comme des ressorts qui se détendent projetaient au loin en sortant du sol, la terre et de grosses pierres. La route était maintenant barrée en avant et en arrière par des arbres couchés. Soudain, un craquement formidable éclata tout près, le père Lare crut sa dernière heure arrivée : « Sainte-Vierge, bonne mère de Dieu, cria-t-il, protégez-nous ? » ne faisant ainsi aucune différence entre lui et son compagnon de labeur. Ses nerfs surexcités prirent une acuité singulière, il distingua le bruit des racines qui, les unes après les autres, cassaient comme des lanières trop tendues, le sifflement des branches quand l'arbre tombe et qui allait en s'accentuant à mesure que la distance diminuait ; il pouvait même préciser à quelle seconde il allait être écrasé. Il sentit un grand choc et roula sur le sol pendant que le cheval s'abattait sur les genoux et se redressait presque aussitôt. Il se se releva, étonné d'être vivant et de n'avoir aucun mal et vint appuyer à nouveau sa tête contre celle du cheval. Il passa ainsi la nuit, car dans ce temps-là on n'avait pas l'habitude d'éclairer les chars de culture, ce luxe était réservé aux voitures pour les gens.

A la pointe du jour, il put constater que le sapin qui aurait dû le tuer avait été dévié légèrement par une pointe de rocher et avait abîmé l'arrière-train de la voiture. Il entendit des appels dans le bois et répondit. C'étaient les gens de la ferme qui descendaient à son secours et des parents et amis qui montaient du village à sa recherche. On mit plusieurs heures pour rentrer à Mouthe.

Le lendemain, le père Lare apportait la vierge en porcelaine qu'il avait toujours vue sur sa cheminée et qui avait la teinte des vieilles maisons ; il creusa une petite niche dans le tronc du sapin le plus proche du rocher sauveur et y plaça la statuette. Une dizaine d'années plus tard, comme l'écorce cachait en partie la Vierge, il creusa une seconde niche un peu plus haut pour qu'on puisse voir de plus loin sa Protectrice.

Avant la guerre, la Vierge au Lare, usée par les intempéries, était encore dans son arbre au bord de la route des Roches, et chaque année, au mois de juin, le prêtre qui montait bénir les chalets ne manquait jamais de la saluer d'une prière et de jeter sur le sapin quelques gouttes d'eau bénite.

* * *

LE PAS DE L'ANGE

Tout le monde a entendu parler des *Séraphins*, ces petits anges qui chantent si bien au Paradis, qu'à les écouter les années passent comme des jours. On dit que le Bon Dieu en envoie de temps en temps sur la terre pour apprendre aux oiseaux à chanter, c'est ce qui explique pourquoi le chant des oiseaux dans les prés et les bois est si agréable à toutes les oreilles.

Un jour donc, un beau petit séraphin donnait une leçon à des oiseaux au Meix de la Chaux, à moitié chemin entre les maisons de Petite-Chaux et la pâture du Pré-Lorin. Tout ce petit monde ailé s'était installé dans un *bouquet de foyards* — bosquet de hêtres — et l'application avait été si grande qu'on n'avait pas vu passer les heures et que le soleil en se couchant dut mettre fin à la leçon.

Grand fut le désappointement des chanteurs en constatant que la fontaine voisine était tarie. C'est plutôt une mare qu'une source, l'eau ne s'écoule qu'après une pluie. La grosse pierre du fond, sorte de dalle naturelle, était toute blanche. Une alouette découvrit un peu d'eau dans un creux, sous une feuille de gentiane. Les élèves la firent boire à leur maître de chant, et tous, pour oublier la souffrance de leur petit gosier desséché cachèrent leur tête sous une aile et s'endormirent. Pour prendre son élan afin de s'envoler au Paradis, le petit séraphin posa sur la dalle blanche son pied qui s'y enfonça comme dans du beurre.

Le lendemain en s'éveillant, les oiseaux virent la trace du petit pied, et ce creux dans la pierre était plein d'une belle eau limpide; il y en eut pour les désaltérer tous ce jour-là et les jours suivants. Il y en a toujours, paraît-il, même dans les périodes sèches et tous les oiseaux de la colline aride des Esseux viennent boire au *Pas de l'Ange*.

* * *

LE LAC DE SAINT-POINT

Autrefois, il existait dans la région une ville importante par sa grande rue bordée de maisons en pierre, par ses beaux magasins remplis de marchandises et bien achalandés, par son église au clocher élevé et par le nombre de ses habitants. On l'appelait *Damvautier*. Merveilleusement située au carrefour de plusieurs routes, elle prospérait d'année en année, mais ses habitants en acquérant l'aisance perdaient en même temps la bonté du cœur, qualité de leurs ancêtres.

Deux jours avant la fête patronale, vers le soir, une pauvre femme en guenilles, les souliers boueux, s'était présentée dans toutes les maisons pour demander l'hospitalité. Elle portait sur ses bras un enfant qui paraissait avoir bien faim. Partout elle avait été repoussée. Ici, on l'avait chassée parce qu'elle tachait de boue le plancher qui venait d'être récuré; là, on avait fait semblant de ne pas l'entendre ni même de la voir; ailleurs, bien qu'il y eût beaucoup de gâteaux alignés sur la table, on lui avait lancé un morceau de pain dur comme on jette un os à un chien, et le pain qu'elle n'avait pas eu l'adresse de retenir avait roulé sur le pas de la porte. Rebutée de tout le monde, elle était sortie de la ville, les yeux pleins de larmes et se trouvait dans la forêt voisine.

Le hasard l'amena devant un énorme sapin qui présentait à sa base une assez grande excavation entre deux grosses racines : c'était la demeure d'un ermite, le vénéré Point. Il faisait sa prière du soir, car la nuit tombait : « Bonne femme, dit-il en la voyant, voici la nuit; vous ne pouvez aller plus loin maintenant. Mettez-vous à l'abri chez moi; votre enfant a sommeil, reposez-vous tous les deux.

— Il a faim aussi, dit la femme, nous n'avons rien mangé aujourd'hui.

Le vieillard leur donna son souper : du lait de sa chèvre et un bôlon qu'il fit tremper. Il ne les quitta que lorsqu'il les vit rassasiés. Il leur souhaita une bonne nuit et alla se coucher à jeun sur la mousse, sous les grandes branches traînantes d'un autre sapin.

On dit qu'une conscience tranquille est le meilleur oreiller. L'ermite en fut la preuve; il ne fit qu'un somme jusqu'au matin. Et cependant cette nuit-là fut épouvantable. Les quatre vents se déchaînèrent, les éclairs se succédaient sans interruption et malgré les grondements du tonnerre on distinguait des imprécations, des clameurs de détresse, des lamentations, des voix qui suppliaient, puis ce fut, après ce fracas de la nature, un calme impressionnant.

Comme le soleil se levait, l'ermite se réveilla. Il fit sa prière du matin et vint voir si ses hôtes dormaient bien. Il trouva son abri vide, la jatte de lait pleine et, à côté, deux bôlons appétissants. Poussé par une force invisible, il fit quelques pas vers l'orée du bois et il resta comme pétrifié en voyant, à la place de la ville, un grand lac à l'eau verdâtre et plaquée de moire. Il comprit le miracle et tomba la face contre terre :

« Dieu tout puissant, implora-t-il, vous qui êtes si bon, pardonnez ! »

Et il entendit la voix de l'enfant qui répondait :

« Parce que tu as eu pitié de ma Mère et de moi, le

châtiment prendra fin le jour où l'un des habitants de cette ville aura fait accepter un morceau de pain à un étranger ! »

C'est pourquoi, pendant une heure tous les trois cents ans la ville renaît et reprend la vie qu'elle avait au moment du passage de la pauvresse. C'est la même fièvre d'activité, ce sont les mêmes préparatifs de fête, les mêmes parfums de gâteaux sortant du four, les mêmes récurages à grande eau. Puis, à la soixantième minute, il n'y a plus de ville, c'est le lac qui remplit le vallon, car jusqu'à maintenant la condition du pardon n'a pas été remplie.

Une fois, il s'en fallut de peu. Un *bouébe* — berger — qui allait du Rizou aux monts de Salins s'égara. La route qu'il suivait l'amena dans la ville de Damvautier. Au moment où il approchait de la première maison, il vit des gens faire de grands gestes et courir d'une porte à l'autre. Il prit peur et faisant demi-tour, il s'enfuit à toutes jambes et disparut dans la forêt.

Les pêcheurs connaissent bien l'emplacement du clocher, leurs filets s'y déchirent souvent. De cet endroit, le soir de la Toussaint on entend distinctement sortir de l'onde le glas des cloches de l'église de Damvautier. . .

* * *

LE PONT DES SARRAZINS

Vers la *queue* du lac de Saint-Point, en face de Belle-Rive, aujourd'hui Port-Titi, on voit un long sillon blanchâtre au-dessous du niveau habituel de l'eau; c'est tout ce qui nous reste du *pont des Sarrazins*. La tradition rapporte, qu'après avoir franchi les Pyrénées et conquis l'Aquitaine, une partie des Arabes envahisseurs avait contourné le Massif Central et remonté le couloir du Rhône, pillant et ravageant sur son passage. Ces guerriers étaient arrivés jusque dans nos montagnes, et après avoir brûlé Pontarlier et Les Fourgs, s'avançaient vers le lac de Saint-Point. La forêt impénétrable était un obstacle; ils firent un pont au bout du lac, mais le saint ermite Théodule les attendait au débouché. Armé de la force divine et d'un sapin entier, il fit un moulinet qui envoya à la mort plusieurs centaines de Sarrazins. Les survivants battirent en retraite. Personne n'entretint le pont; mais on a élevé, derrière le mont de l'Abbaye de Sainte-Marie, une chapelle à Saint-Théodule.

* * *

LA SOURCE BLEUE

Lorsque le preux Roland, neveu de Charlemagne, eut trouvé à Roncevaux la mort glorieuse qu'on sait, sa fiancée, la belle Aude de Bourgogne, en éprouva une telle douleur qu'elle voulut fuir la société. Roland avait un égal en beauté, son ami Olivier; nulle femme n'avait les cheveux aussi blonds, ni les yeux aussi bleus que la fiancée de Roland. Elle partit donc, errant dans les Etats de son père, cherchant les endroits les plus sauvages, appelant en vain à tous les échos, son cher Roland. Elle arriva au bord de la source à l'eau si limpide qu'on voit malgré la profondeur tous les détails de la cuvette. Les oiseaux chantaient et s'aimaient, les fleurs que les papillons venaient caresser se faisaient belles de toutes leurs forces; la nature entière était si gaie que dans cette joie, la pauvre Aude se sentit bien seule et se mit à sangloter. Penchée sur la source, elle pleura tant que ses beaux yeux bleus fondirent. L'eau de la source en a gardé la couleur qui la fait appeler : la *Source Bleue.*

* * *

LE DIABLE A MOUTHE

Une de ces nuits d'automne si sombres qu'on pourrait, semble-t-il, couper le noir au couteau, les deux cloches de Mouthe se mirent à tinter simultanément. Dans le grand calme du village, c'était une sonnerie étrange, des tintements brefs, saccadés, presque timides. Les habitants, réveillés, sortaient sur les portes et l'on entendait des voix pleines d'angoisse demander :

« Qu'est-ce qu'il y a ?....

— Peut-on savoir ce que c'est ?.... »

Et personne ne répondait, mais chacun avait la conviction que la cause ne pouvait être une *gens*. Et alors ? c'était le Diable ! mais oui, ce ne pouvait être que lui...

Peu à peu des groupes se formaient et lentement s'approchaient de l'église. A la lueur d'un falot, on vit que la grande porte de la tour était ouverte, mais le regard ne put percer plus loin. Cependant des hommes armés de fourches, de tridents, de *trintsons* — bois à brûler — s'avancèrent sans se hâter. L'Henri chez la Valle, qui avait un fusil, fut invité à tirer dans le noir. Il s'y refusa, ne voulant pas atteindre le Bon Dieu, qui dans son tabernacle était juste dans la direction. Soudain l'assistance poussa un *ah!* de soulagement; M. le curé arrivait; il avait mis son surplis blanc, et, d'une branche de *Rameaux* — buis bénit —, trempée d'eau bénite, il aspergea d'un grand signe de croix le sonneur malencontreux que personne ne voyait. Il pria en latin et tout le monde répondit : *amen* quand il s'arrêta. Des femmes ont avoué plus tard qu'à ce moment elles avaient nettement remarqué un changement dans la sonnerie et qu'elles avaient vu, dans la nuit, quelque chose de plus noir encore qui partait du clocher et s'en allait du côté de la Suisse.

Toutefois les cloches ne se taisaient pas. Les lanternes devenues plus nombreuses permirent d'entrevoir que les deux cordes étaient tirées à la fois par on ne sait pas quoi qui faisait des bonds prodigieux. Une voix proposa aux hommes de s'élancer tous à la fois, les fourches en avant, ce qui fut exécuté. Mais un cri domina la clameur poussée par les assaillants, cri de bête qu'on égorge. Les cloches se turent, les gens aussi, et aux lumières vacillantes on vit le diable étendu avec ses deux longues cornes luisantes et effilées, deux yeux qui brillaient encore comme deux braises et une longue barbe au menton. Il ressemblait étrangement au bouc de la vieille Phrasie du quartier *Sur la Place,* animal qu'on ne revit d'ailleurs jamais dans son étable.

L'explication fut claire et à la portée de chacun; sous l'influence de l'eau bénite, le diable s'était trouvé un remplaçant et avait filé en Suisse. Et c'est depuis ce temps-là que nos voisins helvétiques sont chez nous dénommés : *les Grands Diables !*

* * *

LES IOUTONS

Il y a un siècle, au temps des sorciers, ceux-ci étaient désignés dans la haute montagne sous le nom de *ioutons*. Ils étaient plutôt soupçonnés que connus; on ne les voyait jamais à l'œuvre et ils étaient trop adroits pour être pris sur le fait. Mais, en revanche, leurs actions sautaient à tous les yeux. On ne les détestait pas, on les craignait; d'ailleurs ils ne s'en prenaient guère qu'aux mauvais cultivateurs, aux paresseux, aux désordonnés. On les accusait de jeter des sorts pour expliquer toutes les malchances de la culture : vaches qui retenaient leur lait, mèresvaches qui avortaient, fromages brèchés ou manqués à la fruitière, pommes de terre qui pourrissaient dans le champ ou à la cave.

Quelquefois un iouton hantait une *grange* — ferme — surtout quand elle arrivait à fin de bail. On sait que, lorsque vers la Saint-Claude — 6 juin — les vaches quittent les étables des villages pour monter à la ferme, elles ont de grosses clochettes qu'on leur retire le premier soir pour les remplacer par de moins lourdes et qu'on pend au grenier de la ferme. Or, au milieu d'une nuit sombre un iouton invisible mettait en branle toute cette sonnerie. Les *armaillers* pleins de sommeil allaient sans entrain voir au grenier, puis se précipitaient au dehors pour apaiser le troupeau, car les bêtes quittant les *cholles* — touffes de hêtres — ou les grands sapins, abris sous lesquels elles dormaient, arrivaient par bonds désordonnés autour du chalet, en courant, en brâmant, en meuglant. Le lendemain matin, la traite accusait une sérieuse diminution dans le rendement du lait.

Une autre nuit, c'étaient les *clédars* ou barrières mobiles dans le mur de clôture qui étaient tous ouverts et il fallait une journée pour retrouver les vaches qui avaient quitté la pâture.

Un jour, la présure versée cependant en croix comme d'habitude, refusait son office et le lait caillait mal dans la chaudière; ou bien pendant que le fruitier attentif et recueilli suivait les progrès d'une bonne caillée, une poignée de suie venant de la cheminée, était projetée sous ses yeux dans la chaudière, et voilà un fromage perdu.

Un autre jour le fromager constatait la disparition d'une de ses plus belles pièces sur le *pendant* — rayon — dans la cave.

Il était possible d'épargner à la ferme les méfaits du iouton; il fallait poser le soir sur le bord extérieur d'une fenêtre, un bol de crème épaisse, levée à la *poche percée*, sorte d'écumoire en bois, et ne pas surveiller le bol. De temps en temps on offrait de la même manière une *rolie* — petite motte de beurre.

On disait que le iouton ressemblait à un bouc noir, marchant sur les deux pieds de derrière. Peut-être était-ce pour inspirer la même frayeur qu'à cette époque certains contrebandiers de châles et de montres se couvraient d'une peau de chèvre nantie de ses cornes ?

Les armaillers crédules étaient persuadés que le iouton avait le pouvoir de se rendre invisible. Ainsi un jour le bruit se répand qu'à la Roulette, une des belles granges du Mont-d'Or, les vaches *pissaient le sang* sur l'ordre d'un méchant iouton. Le propriétaire craignant le discrédit qui déjà se fait sentir au sujet de la pâture, vient trouver le curé de Rochejean et le prie d'aller exorciser la ferme. Le prêtre, botaniste de valeur, monte, se fait indiquer les coins préférés des bêtes malades puis demande une pioche. Il retrousse sa soutane et dit à ceux qui le regardent :

« Priez Dieu qu'il m'aide ! »

Puis le voilà qui pioche et qui pioche autour de quelques buissons; il entre même dans les broussailles « à la poursuite du iouton qu'on ne voit pas » racontent plus tard les spectateurs, « il s'en donne tant que tous ses cheveux portent goutte ». A la fin, il dépose la pioche et dit :

« Remercions Dieu ! Il n'y aura plus de sort tant que vous ne laisserez pas pousser cette plante qui est une euphorbe et qui empoisonne vos bêtes ! »

Mais un armailler exprime le sentiment commun en ajoutant :

« C'est cependant bien petit pour qu'un iouton s'y puisse cacher ! »

Les ioutons ont disparu. On ne connaît pas grand'chose sur leur fin; un armailler suisse a bien dit qu'une fois il avait à moitié cassé les reins d'un de ces êtres mystérieux qui n'avait pas pu assez tôt se rendre invisible mais ce fils de l'Helvétie passait pour être un peu vantard.

En tout cas l'un d'eux avait sans doute pu ressusciter il y a une trentaine d'années et troublait la quiétude d'une maison de culture proche de Mouthe. Le brigadier de gendarmerie, curieux par nature et par devoir, alla faire sa petite enquête. Il vit, comme tout le monde, des piles de bois s'écrouler devant la maison; les rideaux du lit s'agiter violemment au *poêle*, les douves d'une seille quitter leurs cerceaux et joncher le sol, des vaches affolées sortir précipitamment de l'écurie, et même une hache, projetée on ne sait d'où, venir tomber à quelques centimètres de ses pieds. Quand il eut noté tous ces exercices et d'autres plus troublants qu'on lui narra avec force détails, il appela un domestique de la ferme, celui qui paraissait le plus effrayé et lui dit en le regardant dans les yeux :

« Ecoute bien ! dis à ton iouton que je lui donne vingt-quatre heures pour f..... le camp, sinon je te coffre ainsi que ton patron et toute la bande qui habite cette boîte. Tu as bien compris ? »

Et, ma foi, le iouton est parti sur cette injonction, et il a dû faire peur aux autres, car on n'en a jamais revu.

* * *

LE CHAMP DE LA PIERRE

Dans le temps bien lointain où vivaient les ioutons, il y avait dans une des chaumières de Mouthe une pauvre famille de braves gens. Un jour qu'un des enfants, Jean Grandjean, était occupé à garder, au pied du Châtelet, leur unique vache avec les deux chèvres, il vit venir sur le mauvais chemin qui grimpait dans la Combe des Auges, car la belle route n'existait pas, une étrange carriole traînée par un gros chien et montée par une vieille femme. A un moment le chien glissa et ne put plus retenir la voiture et un malheur allait sûrement arriver quand Jean prenant une grosse pierre courut de toutes ses jambes et cala une des roues. La vieille descendit; elle était si laide que Jean vit tout de suite que c'était une sorcière. Elle remua dans un buisson avec son bâton, toucha un caillou par terre et le ramassa. En le tendant à Jean, elle lui dit :

« Puisque tu m'as rendu service, je te donne cette pierre dans laquelle j'ai placé un iouton bienfaisant, un de ceux qui mettent les herbes et les fleurs dans les champs, les feuilles et les fruits aux arbres et les petits des oiseaux dans les nids. Tout ce que touchera cette pierre prospérera. Dans un an, je t'attendrai ici et tu me la rendras pour que je mette en liberté le bon petit iouton. »

Sans dire un mot de plus, elle s'éloigna suivie de son attelage. Jean Grandjean tout effrayé appela sa vache et ses chèvres, les poussa au-dessus des Nônes et des Sautiauds jusque vers le sommet des Esseux, tant il avait hâte de s'éloigner. Il regarda le caillou qu'il avait conservé dans sa main et ne vit aucune différence avec les autres. Et comme ses deux chèvres se battaient il le lâcha pour courir les séparer. Quand il les vit brouter chacune à un *cabousson* — hêtre nain — en se tournant le dos, il voulut ramasser le caillou, mais il ne se rappela pas exactement l'endroit où il l'avait laissé tomber et il renonça à le retrouver parmi les centaines de cailloux semblables éparpillés sur le sol.

Le soir, quand il raconta son aventure à la maison, chacun lui rit au nez et se moqua de lui, en quoi tout le monde eut tort.

Un an après, des femmes qui travaillaient dans leurs jardins des Nônes dirent qu'elles avaient vu une vieille, assise du lever au coucher du soleil dans le champ appelé à cause de ces événements le *champ de la pierre.*

Le petit iouton est resté dans sa prison jusqu'à ce qu'il s'en aille dans un autre monde avec ses frères quand leur temps sur la Terre a été fini. Mais comme son caillou en touchait d'autres, il avait bien fait son devoir, et aujourd'hui, on peut constater que sur plus de vingt hectares, la crête des Esseux est couverte de pierres de toutes les tailles qui non seulement se touchent toutes, mais par endroits, s'amoncellent en une couche épaisse : la plus mince *fenasse* — graminée — n'y peut même pas trouver sa place.

* * *

LE BALAI DE SORCIERES

On voit quelquefois dans la ramure des sapins, des espèces de balais naturels qu'on nomme *broutsons* ou aussi *balais de sorcières*. On en voit encore dans quelques rares villages où, pendus au toit d'une maison, ils servent d'enseigne à un café.

D'où proviennent-ils ? Il y a des savants — ces gens-là mettent leur nez partout — qui prétendent que l'air est rempli de germes de toutes sortes et parmi eux, de graines de champignons. Si une de ces graines vient à rencontrer à l'extrémité d'une branche de sapin une blessure faite récemment par l'homme, un animal, le vent, la neige, la grêle, ou une cause quelconque, elle se trouve chez elle, s'y développe, émet des filaments ou *mycélium* qui vont jusqu'au bourgeon le plus proche et qui forcent celui-ci à donner naissance à une infinité de brindilles verticales. Sur celles-ci poussent des aiguilles comme celles du sapin, seulement au lieu de durer plusieurs années, elles tombent à l'automne et repoussent au printemps. Au mois d'août, à la face inférieure de chaque aiguille se forment deux rangées de minuscules coffrets ou *œcidies,* lesquels s'ouvrent à la fin du mois pour laisser disséminer les *spores* ou graines du champignon. Ces spores sont perdues, sauf, paraît-il, toujours d'après les savants, celles qui ont réussi à se poser sur une mignonne fleurette blanche, la *stellaire,* appelée par les enfants : *manchette à la Vierge.* Elles y subissent une certaine transformation, et un beau jour, le vent les emporte à la recherche d'une nouvelle blessure à un sapin.

Ne trouvez-vous pas que c'est compliqué ? Pour ma part, je préfère l'explication qu'on en donne dans le pays.

L'imagination populaire, qui se plaît à peupler d'êtres mystérieux les grands espaces, n'a pas oublié la forêt de sapins. La Forêt-Noire a ses *gnômes,* la Bretagne ses

Korrigans, le Jura a ses *ioutons.* Il y en avait autrefois dans tous les pâturages, les uns bons et serviables, les autres taquins et méchants. Dans chaque grande combe, on trouvait au moins un homme, parfois une femme qui devenait iouton pendant la nuit : c'étaient les sorciers ou les sorcières. De jour, ils nous ressemblaient; la nuit ils partaient en campagne, portant plus souvent le malheur que le bonheur. Ils jetaient des sorts, faisaient manquer les fromages, retenaient le lait des vaches, donnaient la mort aux jeunes veaux, et par-dessus tout, rendaient malades ceux qui disaient du mal d'eux.

Ils avaient fréquemment des réunions entre eux : c'était la *sette* ou sabbat. Le soir, ils se frottaient les aisselles et les jarrets avec une sorte de graisse qu'ils se composaient, puis ils allaient s'asseoir au coin de leur cheminée en tenant un manche à balai. Et quand chacun dormait, ils s'élevaient dans la vaste cheminée en bois et partaient dans les airs à cheval sur le manche à balai. Mais auparavant, ils avaient dû faire une incantation dont on ne possède plus que les premiers mots, ce qui est profondément regrettable, le problème de la navigation aérienne s'en trouverait considérablement simplifié :

« *Par sur bois, par sur feuilles, comme le vent, plus vite que le nuage....* »

Elle se disait en patois, et l'on conte qu'un étourdi, un soir, au lieu de dire :

« *Pâ su bô, pâ su fâyet....* »

avait prononcé :

« *Pâ sô bô, pâ sô fâyet....* »

Le malheureux voyagea sous les bois et sous les feuillages et fut tellement écorché qu'il tint le lit pendant plus de trois semaines. Un autre en serait mort !

La réunion avait lieu dans la partie la plus sauvage de la forêt; le diable qui présidait allumait un sapin; on dansait autour du brasier et c'était des cris et des hurlements qui faisaient fuir tout être vivant. On buvait ferme, et il arrivait de temps en temps qu'une sorcière — les dames offrant moins de résistance à la boisson — ne pouvait plus diriger convenablement sa monture. Elle frôlait les sapins, et à ce contact diabolique la branche se hérissait et produisait un *broutson.*

* * *

LE GOBELET D'ARGENT

Dans nos immenses pâturages piqués de buissons et de *murgers* — tas de pierres —, on voit souvent sur le sol de grands arcs de cercle, même des cercles entiers formés d'une herbe d'un vert sombre. Il y pousse, au printemps ou en automne, des champignons parfumés : les mousserons. Ce sont les *ronds de sorcières,* derniers vestiges des bals de ces dames. Elles ont disparu, la dernière est morte, il y a longtemps. Autrefois, il y en avait souvent une par village, rarement deux. Quand elles allaient à la *selle* ou sabbat, elles prononçaient une formule qui ne nous a pas été transmise, et à califourchon sur un manche à balai, s'élevaient à minuit, l'heure troublante dans le *tuez* — vaste cheminée — puis, fendant les airs, se rendaient au bal. Nul homme n'y était admis, hormis le diable qui n'est pas un homme. C'était lui qui faisait la musique et qui battait la mesure. Il allumait un sapin et aux lueurs de cette torche gigantesque on voyait reluire ses deux grandes cornes. Les sorcières dansaient, se trémoussaient, viraient et voltaient jusqu'à en perdre le souffle. Par intervalles, le diable éteignait le flambeau puis le rallumait brusquement et des villages de la combe on voyait des lueurs rouges dans le ciel :

« Ce sont des éclairs de chaleur ! »

disait-on pour ne pas épouvanter les petits. Mais les vieux savaient ce qu'il en était. Ils savaient aussi que bien qu'il n'y eût pas un souffle de vent dans le bas, si la forêt bruissait tout entière en haut du Noirmont ou du Rizou, c'étaient les clameurs des danseuses et la musique infernale.

Un jour, le Maître de Champvent avait bien voyagé dans les pâtures à la recherche d'une vache qui avait dû perdre sa clochette en s'égarant. Sur le tard, il se laissa tomber au pied du grand sapin de la Laizinette et s'endormit profondément. A *point d'heure,* c'est-à-dire entre minuit et une heure, il fut réveillé en sursaut et il put, à l'abri d'un épais buisson de genévrier, assister au bal des sorcières. Il était mal placé pour voir le diable dont il ne distinguait que les cornes qui s'élevaient ou s'abaissaient sans cesse. Ce devait être une grande fête cette nuit-là, car la musique était doublée d'un orage violent; chaque éclair allumait un sapin et les sorcières s'envolaient faire une ronde autour de l'arbre qui flambait. A un moment où la bande le frôla presque, il vit très bien la sorcière de Mouthe et celle de Petite-Chaux; il crut reconnaître celle des Cerclevaux et peut-être celle de Chaux-Neuve; il en vit des jeunes et des vieilles et il n'aurait jamais cru qu'elles fussent si nombreuses. Toutes paraissaient agiles et criaient de toutes leurs forces quand le tonnerre grondait. Il en vit qui s'abattaient épuisées et d'autres qui sautaient des buissons entiers. Le Maître de Champvent n'avait jamais eu peur de rien; il aurait tout de même préféré se trouver dans sa cuisine car les rires des sorcières lui faisaient mal aux oreilles. Mais voilà que vers les deux heures, au moment où trois sapins brûlaient à la fois, il vit à quelques enjambées de lui, les sorcières se grouper dans la clairière. Elles formèrent bientôt un grand rond, et au centre, il voyait briller de la vaisselle d'or et d'argent. Elles mangeaient, buvaient et causaient beaucoup. A tour de rôle, chacune prenait son verre et quittait un moment sa place pour aller, pensait-il, trinquer avec le diable, puis rentrait au rond en faisant des cabrioles. L'une d'elles, une vieille, en revenant, s'empêtra dans une racine et tomba de tout son long en lâchant son gobelet d'argent que le hasard fit rouler à portée de la main de notre homme. Le saisir et l'enfouir dans la poche du pantalon fut l'affaire d'un instant. A ce moment, jaillit un éclair, suivi d'un tel coup de tonnerre que le Maître de Champvent en resta étourdi. Quand il revint à lui et qu'il ouvrit les yeux, la nuit était profonde, et seule, la pluie qui se mettait à tomber troublait le grand silence. Il tâta sa poche, sentit le gobelet à sa place, et s'endormit épuisé par l'émotion.

Il était près de midi quand ses gens que l'inquiétude avait fait lever à la *pique* du jour le retrouvèrent et l'éveillèrent. Il se hâta de conter tout ce qu'il avait vu, et pour confirmer son récit, sortit le fameux gobelet mais, malheur ! le diable l'avait changé en un vilain sabot de veau.

* * *

LA PIERRE A LOU BREU

Nos vieux, qui sont morts aujourd'hui, ont bien connu dans leur temps *Lou Breu* de Saint-Antoine. Comme la gloire passe vite tout de même ! Autrefois, on ne parlait que de lui; aujourd'hui vous n'en trouverez pas trois sur mille qui le connaissent. Son nom d'ailleurs, n'est pas resté dans les mémoires, seul son sobriquet : *la soupe,* a survécu. Il aimait, paraît-il, la soupe; il les adorait toutes, aussi bien la claire que l'épaisse, celle aux choux comme celle à l'oseille, celle à la viande autant que celle à l'ail qui lave l'assiette, tue les vers, passe la soif et rince les boyaux. Mais sa préférée, chacun le savait, était la soupe au bôlon : *le breu,* aussi bien le *breu na* sans crème que le breu blanc, au lait simplement. Il n'y avait pas pour lui de vrai repas de noces si on ne lui en servait pour finir une bonne assiettée et comme il savait un peu les usages du monde, il ne se permettait pas d'en redemander. C'est à cause de cela qu'on ne l'appelait que *Lou Breu.*

Mais cette réputation n'était rien à côté de l'autre ; c'était un tout malin ! Tous ceux qui avaient eu affaire à lui avaient été mis dedans. Il avait roulé presque tous les saints du Paradis. Ainsi, ne s'était-il pas adressé un jour à Saint-François-Xavier qui lui avait répondu comme à tous, par la voix du prêtre :

« Que te sert de gagner l'univers, si tu viens à perdre ton âme ? »

Lou Breu ne voulait pas gagner tant que cela; il ne demandait que de faire payer vingt francs de plus à un homme de Métabief à qui il avait livré une vache; son âme n'était donc pas en jeu. Il avait promis au saint une saucisse, une de ces bonnes saucisses de ménage, comme on a toujours su les faire à Saint-Antoine, comme l'Anthime les fait encore aujourd'hui. Une fois exaucé, lou Breu n'avait plus qu'à s'exécuter, c'est ce qu'il fit. Le soir du mardi-gras d'après, il venait à l'église déposer aux pieds du saint une saucisse pas plus grosse que le *glinglin,* en disant :

« Bon saint ! je n'ai pas pu venir plus tôt, et comme c'est déjà demain le carême, j'ai pensé que vous n'auriez pas aimé laisser perdre une grosse andouille. Celle que voici vous ira juste pour le souper ce soir ! »

Une fois qu'il avait demandé on ne sait plus quelle grâce à Saint-Joseph, patron des maris, il lui avait promis un cierge de cire gros comme la cuisse à la Marianne, sa femme — Dieu la mette en gloire ! — morte passé déjà trois ans. Il avait offert le cierge; il y avait mis la grosseur mais pas le poids, d'ailleurs il n'en avait jamais été question. Le cierge ressemblait à un gros cornet de papier jaune.

Il avait même trompé la Sainte-Vierge. Un jour qu'elle l'avait protégé pendant un orage dans le bois de la Fuvelle, il lui avait promis d'entendre la messe de sa fête à genoux sur des pois. Il avait tenu parole; le jour de la mi-août, pour l'édification des fidèles, il était resté pendant tout l'office sur des pois *en dos,* cueillis le matin même au jardin.

Mais les saints du Paradis sont de bons enfants; ils ne se fâchent jamais. Peut-être même riaient-ils entre eux des malices de Lou Breu et notre homme aurait bien dû continuer à s'adresser à eux. Pourquoi ne l'a-t-il pas fait ? Personne ne le sait.

Un jour donc, il devait absolument se rendre à Pontarlier; malheureusement, dans la grande Combe, le chemin était impraticable tant il y avait de neige, et par surcroît, il soufflait une bise à couper la peau. Lou Breu pour cette fois appelle le diable à son secours et il est immédiatement exaucé. Le marché est vite conclu : Lou Breu fera son voyage tout de suite à Pontarlier, et, plus tard, quand il mourra, il s'en ira directement en enfer où sa place est désormais réservée. Cela lui sourit assez; il pense que par des temps pareils on n'a jamais trop chaud.

Le voilà parti. Jusqu'au Touillon, il y a deux ou trois *passées* sur le chemin et il avance sans grand'peine. Mais dans la Combe, en face de Pathiau, il y a si haut de neige qu'il se demande s'il pourra continuer. Cela va tout seul; à mesure qu'il avance, la neige s'écarte de lui; il marche sur la route sèche, il n'est pas mouillé du tout, il ne sent même pas la bise. Il est si content qu'il remercie en lui-même le bon diable et il va d'un bon pas. Mais voilà qu'il commence à transpirer, il a chaud et cela lui fait penser aux flammes de l'enfer qui seront, pour lui éternelles. Il trouve que c'est bien long et il cherche le moyen de résilier le marché. Il se détourne et voit que derrière lui, la Combe se remplit de neige à mesure qu'il est passé; il est donc obligé d'aller de l'avant, mais son entrain est tombé. Il lui vient tout d'un coup une pensée. Dès qu'il sera à Pontarlier, il ira se confesser et une fois placé sous la protection du Bon Dieu, il ne risquera plus rien : à tout péché, miséricorde ! Déjà la Combe s'élargit un peu; il n'est guère loin de Combe-Motha où le chemin redevient praticable. Il rit en pensant qu'il aura roulé même le diable :

« Lui comme les autres ! »

dit-il tout haut. Il aurait bien mieux fait de se taire car, au même moment un éclair brilla, un seul, un formidable coup de tonnerre ébranla les deux montagnes et une énorme masse de rochers détachée de celle de droite vint, par une grande courbe, tomber juste sur le voyageur qui commençait une chanson. On entendit : *kiouf*, comme quand s'écrase quelque chose de mou; de tous côtés partirent des éclaboussures et la neige qui les reçut en devint rouge, c'était tout ce qui restait du pauvre Lou Breu.

On serait tenté de croire que c'est la grosse pierre qui se voit au bord de la grande route de Pontarlier à Lausanne, pas bien loin du chemin de Chapelle-Mijoux. Bien que le châtiment ait eu lieu dans ces parages, il n'en est rien. La vraie pierre, sur laquelle étaient visibles les traces des griffes du diable, a été brisée en morceaux et employée dans la construction de la voie ferrée qui passe tout près.

* * *

LA LEGENDE DU SAPIN

Le sapin est le seul arbre qui convienne à nos régions montagneuses. Voulez-vous savoir pourquoi ? C'est bien simple.

On conte qu'autrefois, il y a fort longtemps, le diable qui avait une famille nombreuse, résolut de goûter un peu les joies du silence et du calme et pour cela se mit en devoir d'expédier par le monde sa bruyante marmaille. Ce fut une vraie pluie de diablotins, il en tomba partout, sur la montagne comme dans la plaine et les crêtes du Jura en eurent bien leur part....

Mais les pauvres petits ne s'y trouvaient pas à leur aise. Bien qu'ils fussent accoutumés à la chaleur, le soleil les grillait sur les grands rochers nus. Ils commencèrent à gémir, à se plaindre, à pleurer, puis à crier, et finalement, n'y tenant plus, comme autant de Petits Poucets, ils regagnèrent le foyer paternel.

Cela ne faisait pas l'affaire du papa diable qui s'était bien vite habitué à la tranquillité. Il vint en personne, à la tête de la colonne, pour vérifier la chose. Il eut chaud comme les autres et fit pousser les buissons. Aussitôt accoururent des légions de chevreuils, de chèvres, de vaches qui eurent vite fait de détruire les bourgeons, les feuilles et même les brindilles....

Le chef de famille n'avait pas prévu cela. Il fit pousser les noisetiers et les alisiers qui étaient plus grands. Les vaches, les chèvres et les chevreuils ne touchèrent qu'à la base et se contentèrent seulement de regarder les hautes branches. Mais à la première averse, tout fut mouillé, trempé, inondé : diables, bêtes et rochers. Et quand il pleut dans ces montagnes, il fait froid et c'était un grelottement général.

Le grand diable se gratta l'oreille, autant pour la réchauffer que parce qu'il était embarrassé. Il fit pousser les grands hêtres. Mais le temps avait passé vite, l'automne était là. Après quelques journées de pluie, le ciel s'éclaircit un soir et la gelée arriva. Le lendemain, les feuilles étaient dorées; en quelques jours, elles furent toutes à terre. Les petits diables frétillaient dans ce tapis; c'était moins dur que le rocher, le soleil n'était plus si chaud, bref, ils se trouvaient en paradis !

Hélas ! le bonheur n'est jamais de longue durée, et autrefois c'était comme maintenant. Voilà qu'un jour la neige se met à tomber. Les flocons, déliés comme des poussières s'insinuent partout; les diablotins pleurent de froid, se lamentent puis crient tellement que leur papa fait comme beaucoup de papas maintenant, il s'en va, les laissant maîtres de la place !...

Il descend chez lui et réfléchit longuement :

« Quand on sait bien ce qu'on veut, on trouve, dit-il. Il faut là-haut un arbre qui protège contre la chaleur, qui abrite de la pluie, qui retienne la neige, qui brave les rongeurs et les mangeurs d'herbe. Je crois que j'ai ce qu'il faut. »

Et il fit pousser le *sapin* sur toutes les montagnes à neige. Les mousses recouvrirent les rochers durs et les petits diables, bien au frais sur ce tapis, bien à l'ombre, bien à l'abri, s'amusèrent tellement qu'ils ne songèrent plus à ennuyer personne.

Mais on voit tout de même que le sapin n'a pas la même origine que les autres arbres ; il n'a pas la majesté du chêne, la puissante ramure du noyer, la grâce du tilleul, la souplesse du bouleau, l'animation du peuplier. Sa forme conique, ses branches toujours hérissées et rudes au toucher, son feuillage de couleur sombre montrent que c'est un arbre du diable.

* * *

LA GRANDE FOUGÈRE

Sous les hauts sapins, dans les endroits ombragés, on voit de belles grandes rosaces de feuilles allongées et finement découpées. Au printemps, elles sortent de terre en forme de crosses d'évêque. C'est une plante vraiment ornementale. Ses graines sont disposées en deux rangées collées sous les feuilles. Il y a dans la nuit de la Saint-Jean d'été un moment où elles tombent dans la main tendue pour les recevoir. Moment béni, car elles donnent à celui qui les porte dans un sachet sous la chemise, le pouvoir de ne voir que ce qu'il veut. S'il va aux morilles, par exemple, il ne voit que les morilles, les *pives* qui leur ressemblent de loin disparaissent à sa vue ; s'il cherche un objet perdu, il ne voit rien d'autre ; s'il est en présence d'un troupeau, il peut ne voir que ses vaches, ou celles de son voisin, ou celles d'une étable quelconque. En un mot, il a le pouvoir de spécialiser sa vue, pouvoir précieux, facile à acquérir puisqu'il n'y a qu'à tendre la main au bon moment.

* * *

LES PETITES GENTIANES BLEUES

Dès la fin d'avril et vers la mi-mai, dans le Haut-Jura, sur les pentes des pâturages, une mignonne fleurette s'épanouit au-dessus des herbes roussies par l'hiver; c'est une charmante étoile à cinq branches bleues autour d'un cœur blanc. Elle vit en famille, formant des plaques azurées sur le sol, se ferme quand il pleut et s'étale tant qu'elle peut aux brillants rayons du soleil; on l'appelle *gentiane du printemps*. On l'aime chez nous, les jeunes, parce qu'elle annonce infailliblement la fin de l'hiver et l'arrivée des beaux jours; les vieux, parce qu'ils lui sont reconnaissants de voir encore un printemps.

Mais ce qui plait surtout, ce qui fascine le regard, c'est sa couleur d'un bleu intense, aussi bleu que le bleu du ciel. Et il n'y a là rien d'étonnant. Quand le Bon Dieu voulut par des milliers de petits trous dans le firmament, nous laisser entrevoir les dorures de son Paradis il se servit d'un emporte-pièce et les petites étoiles du ciel tombées sur nos montagnes sont devenues nos belles gentianes bleues.

* * *

LA GRANDE GENTIANE

Dans les pâturages communaux, ainsi que dans ceux des fermes, sur tous les crêts dénudés, on voit des touffes de larges feuilles que les vaches respectent. De loin, on dirait des choux. C'est dans ces feuilles sans odeur que les armaillers enveloppent les mottes de leur bon beurre des *granges*. Souvent, du milieu des feuilles, s'élève une tige plus ou moins grande suivant la hauteur qu'atteindra la couche de neige de l'hiver qui vient. Cette hampe supporte un épi de belles fleurs jaunes en étoile; sur toute sa longueur, elle porte, de distance en distance, des feuilles opposées en forme de profondes cuillères contenant toujours de l'eau des pluies, abondantes comme on le sait, sur nos montagnes. La racine, grosse comme le poignet, longue parfois d'un mètre est coupée en minces rondelles, mise à fermenter, puis distillée pour donner une eau-de-vie appréciée des montagnards Cette plante est la *gentiane jaune* ou grande gentiane.

Voulez-vous ne jamais vieillir ? Allez vous promener au travers des pâtures et buvez l'eau contenue dans les feuilles de la grande gentiane. Il n'y a qu'une double condition pour être assuré du succès. L'une dépend de vous; il faut que sur cette terre vous n'ayez pas d'ennemi. L'autre dépend de la plante, et c'est la plus difficile, l'eau ne doit contenir aucun insecte !!

LE LIS MARTAGON

Sur les flancs du Mont-d'Or, ainsi que sur les crêtes du Rizou, on trouve en juin une belle fleur qui se dresse fière au-dessus de plusieurs couronnes de feuilles, c'est le *lis martagon*.

On le plantait dans les domaines royaux; on en trouve encore dans le *Bois du Roy* à Rochejean, et il y a une dizaine d'années seulement, les faucheurs le respectaient encore dans le *Pré du Seigneur* à Mouthe.

Autrefois, il était blanc comme les autres lis, mais un jour que la Sainte-Vierge allaitait l'enfant Jésus, celui-ci qui venait de percer sa première dent mordit sa maman. Une goutte de sang perla et tomba sur le lis martagon qui devint rosé et jaspé de petites éclaboussures rouges.

* * *

LE TROLLE D'EUROPE

Le trolle est avec la primevère rose et la petite gentiane bleue une des plantes caractéristiques de la haute montagne dans le Jura. La fleur jaune a la forme d'une boule, ce qui lui vaut le nom de *boule d'or*. Dans la région de Mouthe, on l'appelle *bouteille*, peut-être par déformation du mot patois *bouthiet* qui désigne toutes les fleurs des champs. Perchée à l'extrémité d'une tige de trente à quarante centimètres, elle domine les autres fleurs tout en se balançant mollement dans l'air toujours agité des hauteurs.

On raconte qu'il y avait une fois une jeune fille comme on n'en a jamais vu de si belle et de si bonne. Elle allait toujours dans les prés à la lisière de la forêt; elle ne cueillait jamais les fleurs pour les jeter ensuite comme cela se fait si souvent; les oiseaux venaient autour d'elle lui gazouiller leurs plus jolis chants. Elle paraissait bien malade, car elle avait un secret qui l'étouffait et qu'elle était forcée de garder sous peine d'attirer les plus grands malheurs sur ses parents qu'elle adorait. Elle avait beau le repousser jusqu'au fond de son âme, elle le sentait revenir jusqu'à sa bouche; elle n'osait même plus dormir, il se serait échappé pendant son sommeil. Un jour qu'elle était désespérée, elle se laissa tomber sur le sol, et cachant sa figure dans une touffe d'herbes, elle pleura toutes les larmes de son corps. Comme elle relevait la tête, elle vit inclinée contre son visage une grande fleur jaune aux larges pétales, qui semblait la regarder :

« O belle fleur qui m'aime, dit la jeune fille, c'est à toi que je vais confier mon secret. Je suis sûre que tu le garderas. »

Et posant presque ses lèvres sur la fleur, elle lui parla un moment. Ce fut un souffle que les autres fleurs n'entendirent même pas. Quand la malade se releva, elle vit les grands pétales se redresser l'un après l'autre et se recouvrir mutuellement pour enfermer le secret. La jeune fille rentra toute joyeuse, la santé et les couleurs lui revinrent avec le bonheur.

Les trolles sont depuis ce temps les belles boules d'or que tous les ans les enfants jettent sur le chemin aux processions de la Fête-Dieu.

* * *

LE MANTEAU DES DAMES

Dans presque tous les pâturages de la montagne on trouve une petite plante courte, recherchée des vaches à qui, si l'on en croit les *armaillers*, elle donne un lait crèmeux. Sa fleur verdâtre forme des grappes qui n'attirent pas le regard, son odeur est plutôt désagréable. Ce qui est joli chez elle, c'est la feuille. Elle est ronde et plissée comme une collerette; ses dentelures fines paraissent bordées d'un fil d'argent. Elle s'appelle alchemille vulgaire pour les botanistes et *manteau des dames* pour nous.

Cette plante vit en familles nombreuses et forme un véritable tapis agréable à voir après une ondée, car chaque feuille retient en son milieu une goutte d'eau qui scintille au soleil, on dirait un diamant. Par les beaux matins d'été, c'est une goutte de rosée d'une limpidité parfaite.

Quand une jeune fille veut voir en rêve son futur mari, elle s'en va dans la pâture chercher une feuille sans défaut et contenant une goutte de rosée. Elle boit cette gouttelette puis cache la feuille dans son corsage. Le soir, elle place cette feuille sous son oreiller et n'a plus qu'à s'endormir confiante. Si elle a fait sa cueillette le premier jour de la lune de juin, elle verra sûrement l'image du futur esclave que les conventions appelleront son *seigneur et maître.*

FIN

Table des Matières

www.ingramcontent.com/pod-product-compliance
Ingram Content Group UK Ltd.
Pitfield, Milton Keynes, MK11 3LW, UK
UKHW022155170726
13837UKWH00004B/1998

9 782329 209593